MAINBEAST
PUBLISHING

ELIAS

ENTDECKT ALTHEA

INHALTSVERZEICHNIS

KAPITEL 1:
DER TRAUM VOM UNBEKANNTEN

In einer kleinen Stadt, deren Dächer von den Strahlen der aufgehenden Sonne geküsst wurden, lebte ein bemerkenswerter Junge namens Elias Klein. Von seinen Freunden wurde er oft schlicht als "Eli" bezeichnet. Doch Eli war keineswegs gewöhnlich. Schon in jungen Jahren hegte er einen außergewöhnlichen Traum - er wollte Astronaut werden.

Seine Tage waren gefüllt mit Abenteuern zwischen den Büchern über Sterne und Raketen. Die Nächte verbrachte er damit, den Himmel zu durchforsten, während er von den unendlichen Weiten des Weltraums träumte. Eli liebte es, Geschichten von fernen Galaxien zu hören, die seine Großmutter ihm vor dem Einschlafen erzählte. Diese Geschichten entfachten eine Sehnsucht in ihm, die seinen Weg durch Kindergarten, Grundschule und schließlich in die siebte Klasse der Mittelschule leitete.

Mit jedem Tag, der verging, wuchs Eli nicht nur körperlich, sondern auch in seiner Entschlossenheit, seinen Traum zu verwirklichen. Seine Augen, die von der Neugier der Sterne durchdrungen waren, verrieten die Leidenschaft, die in seinem Inneren brannte.

Die Lehrer bemerkten sein außerordentliches Interesse an allem, was mit Raumfahrt zu tun hatte.

Eli war nicht nur ein vorbildlicher Schüler, sondern auch derjenige, der nach dem Unterricht stets mit Fragen über das Universum ankam. Sein Zimmer war mit Modellen von Raketen, Sternenkarten und Postern von Raumfahrzeugen geschmückt. Selbst bei seinem Fußballtraining konnte er nicht anders, als seine Teamkameraden von den endlosen Möglichkeiten des Weltraums zu begeistern.

Mit dem Eintritt in die siebte Klasse nahm Eli seinen Traum von der Weltraumforschung ernster als je zuvor. Er recherchierte intensiv, las Fachbücher und war ständig auf der Suche nach Möglichkeiten, sein Wissen zu vertiefen. Dabei erfuhr er von einer renommierten Weltraumorganisation, die junge Talente förderte. Ohne zu zögern, schrieb er sich in ein Astronautenprogramm ein und setzte alles daran, sein Ziel zu erreichen.

Die Zeit verging, und Elias' Bemühungen wurden belohnt. Er wurde ausgewählt, an einem intensiven Astronautentraining teilzunehmen. Sein Traum rückte näher, doch er wusste, dass dies erst der Anfang war. Der Weg zum Weltraum war mit Herausforderungen gepflastert, aber Elias war bereit, sie zu meistern.

In den folgenden Monaten tauchte Eli tief in die Welt der Raumfahrt ein. Er lernte nicht nur den technischen Aspekt der Raumfahrt kennen, sondern auch die philosophische Seite. Die Unendlichkeit des Universums faszinierte ihn, und er begann, seine eigene Vision von der Zukunft der Menschheit im Weltraum zu entwickeln.

Während sein Körper durch das harte Training gestählt

wurde, reifte auch sein Geist. Eli entdeckte nicht nur die Grenzen des physischen Raums, sondern auch die Grenzen seines eigenen Potenzials. Der Traum vom Unbekannten wurde zu einer Reise der Selbstentdeckung, die Elias auf eine völlig neue Ebene der Bewusstheit hob.

KAPITEL 2:
DIE VORBEREITUNG

Elias Klein, nun fest entschlossen, seinen Traum zu verwirklichen, stürzte sich mit ganzer Kraft in die Vorbereitungen für sein großes Abenteuer. In den Labors der Weltraumorganisation arbeitete er Tag und Nacht an Simulationen, Tests und Experimenten. Sein Wissen über Raumfahrttechnologie vertiefte sich, während er gemeinsam mit erfahrenen Astronauten trainierte.

Der Countdown für Elias' Weltraummission näherte sich, und die Welt schaute gespannt zu. Zeitungen berichteten über den aufstrebenden jungen Astronauten, dessen Ehrgeiz und Hingabe die Herzen der Menschen berührten. Elias, der Junge aus der kleinen Stadt, wurde zu einer Symbolfigur für Träume, die größer waren als der Himmel selbst.

Doch die Vorbereitungen waren nicht nur von Ruhm und Glamour geprägt. Elias musste auch mit den Ängsten und Unsicherheiten kämpfen, die mit einer solch monumentalen Mission einhergingen. Die Verantwortung, die er trug, wog schwer auf seinen Schultern. Als die Tage bis zum Start kürzer wurden, fand er Trost in der Freundschaft seiner Mitastronauten, die ähnliche Träume teilten.

In einer ruhigen Nacht vor dem großen Tag, als Eli auf das Dach seines Hauses stieg, um die Sterne zu betrachten, überkam ihn ein Gefühl der Dankbarkeit. Er dachte an die Unterstützung seiner Familie, die ihn immer ermutigt hatte, an die Lehrer, die sein Interesse genährt hatten, und an die Freunde, die in schwierigen Momenten an seiner Seite standen. In diesem Moment fühlte er sich nicht nur als einzelner Astronaut, sondern als Repräsentant einer Gemeinschaft, die zusammenstand, um Träume wahr werden zu lassen.

Der Tag des Starts rückte näher, und Elias spürte die Mischung aus Aufregung und Nervosität in der Luft. Die Weltraumorganisation hatte ein spezielles Raumschiff für seine Mission entwickelt. Es war ein Meisterwerk der Ingenieurskunst, ausgestattet mit den neuesten Technologien und Annehmlichkeiten, um eine lange Reise ins Unbekannte zu ermöglichen.

Die Abschiedsfeier vor dem Start wurde zu einem emotionalen Ereignis. Elias' Familie, Freunde und die Gemeinde versammelten sich, um ihm Glück zu wünschen. Der kleine Junge mit großen Träumen stand nun vor dem Tor des Weltraums, bereit, in die Fußstapfen der Pioniere zu treten.

Mit einem letzten Blick auf die Erde, die wie ein blauer Juwel im Weltraum glänzte, betrat Elias das Raumschiff. Die Türen schlossen sich, und das gewaltige Triebwerk erfüllte die Umgebung mit einem dröhnenden Brummen. Die Reise ins Unbekannte hatte begonnen.

Die ersten Stunden im Weltraum waren von Aufregung und Neugier geprägt. Elias schwebte schwerelos durch die Kabinen, studierte die Sterne und überprüfte die Instrumente. Doch je weiter er sich von der Erde entfernte, desto mehr übermannten ihn Gedanken über die Verantwortung, die er trug, und die Erwartungen der Menschen auf der Erde.

Die Reise war nicht nur eine physische, sondern auch eine mentale Herausforderung. Elias musste lernen, sich auf die Technologie des Raumschiffs zu verlassen, aber auch auf seine eigenen Fähigkeiten und die Unterstützung seines Teams. Jeder Tag war ein Schritt ins Unbekannte, und Elias begriff, dass die eigentliche Reise nicht nur im Weltraum stattfand, sondern auch in seinem Inneren.

KAPITEL 3:
DAS UNGLAUBLICHE

In den Weiten des Weltraums fühlte Elias Klein die Zeit auf eine ungewöhnliche Weise vergehen. Tage und Nächte verschmolzen zu einem ständigen Strom von Sternenlicht und Dunkelheit. Die Crew des Raumschiffs arbeitete harmonisch zusammen, jeder Astronaut erfüllte seine Rolle mit Präzision und Hingabe.

Elias, der nun Monate im Weltraum verbracht hatte, fand in der Routine des täglichen Lebens an Bord eine gewisse Gelassenheit. Doch sein Herz schlug schneller, wenn er an das Ziel seiner Mission dachte - einen fernen, bisher unentdeckten Planeten. Dieser Planet sollte nicht nur ein Ziel sein, sondern auch eine Quelle unbekannter Wunder.

Während er sich dem Ziel näherte, vertiefte Elias seine Studien über den Planeten. Durch die fortschrittlichen Instrumente an Bord konnte er spektakuläre Bilder von der Oberfläche und der Atmosphäre des Planeten aufnehmen. Die Spannung in der Kabine war greifbar, als das Raumschiff in den Orbit des Planeten eintrat.

Der Landeanflug war von atemberaubender Schönheit. Die Landschaft unter ihnen war mit glitzernden Gewässern, majestätischen Gebirgen und lebhaften Farben durchzogen. Doch Elias spürte, dass dies erst der Anfang war. Er wollte mehr als nur die Oberfläche erkunden; er wollte das Unbekannte in all seiner Pracht erleben.

Die Landung verlief reibungslos, und Elias betrat mit vorsichtigen Schritten den fernen Planeten. Die Luft roch anders, die Schwerkraft fühlte sich leichter an, und die Geräusche waren fremdartig melodisch. Es war, als hätte er die Tür zu einer anderen Welt geöffnet.

Er entdeckte Pflanzen mit leuchtenden Blättern und Tieren, die auf der Erde unbekannt waren. Doch das Erstaunlichste war die Zivilisation, die in dieser fernen Welt existierte. Wesen von außerirdischer Schönheit und Weisheit begrüßten ihn freundlich. Sie hatten Technologien und Künste entwickelt, die jede

Vorstellungskraft übertrafen.

Elias tauchte in das tägliche Leben der außerirdischen Gesellschaft ein. Er lernte ihre Sprache, ihre Bräuche und ihre Sicht auf das Universum kennen. Die Zeit schien in diesem fernen Ort stillzustehen, und Elias fand ein Gefühl der Harmonie und des Friedens, das er auf der Erde nie erfahren hatte.

Während er durch die schwebenden Städte wanderte und den außerirdischen Künsten lauschte, erkannte Elias die Tiefe der Menschheit. Unabhängig von den Unterschieden im Aussehen und der Lebensweise teilten Menschen und Außerirdische eine gemeinsame Neugier und den Wunsch nach Wissen und Verständnis.

Die Tage wurden zu Wochen, und die Wochen zu Monaten, als Elias das außerirdische Leben in all seinen Facetten erlebte. Er lernte nicht nur von den außerirdischen Wesen, sondern brachte auch einen Hauch der Menschlichkeit zu ihnen. Die beiden Kulturen verschmolzen auf faszinierende Weise, und Elias erkannte, dass die Reise ins Unbekannte nicht nur eine physische Erkundung war, sondern auch eine spirituelle Entfaltung.

In den Sternennächten, wenn Elias auf einer der schwebenden Plattformen stand und die beiden Monde des Planeten betrachtete, fühlte er eine tiefe Dankbarkeit. Die Entscheidung, diesen fernen Ort zu betreten, hatte nicht nur sein Leben verändert, sondern auch die Brücken zwischen den Welten geschaffen.

KAPITEL 4:
RÜCKKEHR ZUR ERDE

Die Zeit auf dem fernen Planeten verging wie im Flug, und Elias, erfüllt von den Wundern der außerirdischen Welt, spürte den Ruf der Heimat. Die außerirdischen Wesen hatten ihn in ihr Herz geschlossen, aber er wusste, dass sein Platz auf der Erde war.

Mit einer Mischung aus Wehmut und Vorfreude bestieg Elias das Raumschiff für die Rückkehr. Die außerirdischen Freunde begleiteten ihn zum Startplatz und verabschiedeten ihn mit einer Melodie, die von den schwebenden Plattformen durch die Luft schwebte. Es war eine Hymne der Freundschaft und des Verständnisses, die sich tief in Elias' Gedächtnis einprägte.

Die Reise zurück zur Erde war nicht nur eine physische Rückkehr, sondern auch eine emotionale Reise. Elias nutzte die Zeit im Raumschiff, um Tagebuch zu schreiben und all die Erlebnisse, Emotionen und Erkenntnisse festzuhalten, die er auf dem fernen Planeten erfahren hatte. Er wusste, dass diese Geschichten nicht nur seine eigenen waren, sondern auch einen Schatz an Wissen und Inspiration für die Menschheit darstellten.

Die Erde erschien am Horizont, und Elias spürte ein unbeschreibliches Gefühl der Heimatverbundenheit. Die Landung war sanft, aber sein Herz schlug schneller, als er die Tür des Raumschiffs öffnete und das vertraute Bild der Erde vor sich hatte. Doch nun sah er sie mit neuen Augen - mit den Augen eines Weltraumreisenden, der die unendliche Vielfalt des Universums erfahren hatte.

Die Medien auf der Erde warteten ungeduldig auf Elias' Rückkehr. Die Geschichte seines Abenteuers hatte die Welt erobert, und die Menschen waren gespannt auf die Erzählungen von einem fernen Planeten und einer außerirdischen Zivilisation. Die sozialen Medien explodierten vor Aufregung, und Eli wurde zu einem Symbol für den Wagemut und die Neugier der Menschheit.

In einer feierlichen Pressekonferenz teilte Elias die Geschichten seines Abenteuers mit der Welt. Er erzählte von den außerirdischen Freunden, von den schwebenden Städten und den farbenfrohen Landschaften. Die Menschen hingen an seinen Lippen, fasziniert von den Bildern und Geschichten, die er mitbrachte.

Doch Elias hatte nicht nur Geschichten zu erzählen. In den Labors der Weltraumorganisation arbeitete er an einer bahnbrechenden Erfindung - einer Teleportationsmaschine. Eine Technologie, die es den Menschen ermöglichen würde, in die außerirdische Welt zu reisen und die Wunder zu erleben, die er selbst erfahren hatte.

Die Teleportationsmaschine war jedoch kein gewöhnliches Gerät. Sie erforderte Zeit, Präzision und vor allem Verständnis für die Grundlagen der Raum-Zeit-Physik. Elias arbeitete Tag und Nacht, unterstützt von den besten Wissenschaftlern der Welt, um seine

Vision Wirklichkeit werden zu lassen.

Nach intensiven Monaten der Entwicklung war die Teleportationsmaschine einsatzbereit, aber Elias wusste, dass ihre Verwendung sorgfältig geplant werden musste. Eine Expedition zur außerirdischen Welt würde nicht nur eine Reise ins Unbekannte sein, sondern auch eine Verantwortung gegenüber der Menschheit und den außerirdischen Wesen mit sich bringen.

KAPITEL 5:
DIE ENTDECKUNG
WIRD GETEILT

Die Nachricht von Elias' Teleportationsmaschine verbreitete sich wie ein Lauffeuer. Die Welt war in Aufruhr, als Menschen aus allen Ecken des Globus von der Möglichkeit erfuhren, in die außerirdische Welt zu reisen. Die Medien überschlugen sich vor Begeisterung, und die sozialen Netzwerke explodierten vor Kommentaren und Diskussionen.

Die Weltraumorganisation plante sorgfältig die erste Expedition zur außerirdischen Welt. Ein Team von Wissenschaftlern, Diplomaten und Abenteurern wurde ausgewählt, um die Teleportationsmaschine zu testen und die Beziehungen zu den außerirdischen Wesen zu vertiefen. Elias selbst führte das Team an, denn wer könnte besser die Wunder dieser Welt vermitteln als der Mann, der sie zuerst entdeckt hatte?

Die Tage vor der Expedition waren von Hektik und Vorfreude geprägt. Die Teleportationsmaschine wurde an einem zentralen Ort errichtet, der zu einem Symbol der menschlichen Entdeckungslust wurde. Die Welt blickte gebannt auf den großen Tag, an dem die Expedition ins Unbekannte aufbrechen sollte.

Die Teleportation war eine atemberaubende Erfahrung. Das Team verschwand vor den Augen der Zuschauer und tauchte augenblicklich auf dem fernen Planeten auf. Die außerirdischen Wesen begrüßten sie mit offenen Armen, als Freundschaftsbänder zwischen den Welten geknüpft wurden.

Elias führte die Expedition durch die schwebenden Städte, über die leuchtenden Ebenen und zu den geheimnisvollen Orten, die er selbst entdeckt hatte. Die Menschen auf der Erde staunten über die fremdartige Schönheit und die faszinierenden Kulturen, die sie durch die Augen der Teleportationsmaschine erleben konnten.

Die außerirdischen Freunde zeigten den Menschen ihre Kunst, ihre Musik und ihre Technologien. Eine kulturelle Fusion begann, und die beiden Welten begannen, voneinander zu lernen und sich zu inspirieren. Elias, der Botschafter zwischen den Welten, erlebte einen Moment der Erfüllung, als er sah, wie Menschen und Außerirdische Seite an Seite tanzten und lachten.

Die Expedition kehrte zur Erde zurück, beladen mit Erkenntnissen, Freundschaften und einer tieferen Verbindung zwischen den beiden Welten.

Die Teleportationsmaschine wurde zu einem Tor des Verständnisses und der Zusammenarbeit. Menschen und Außerirdische arbeiteten gemeinsam an Projekten, tauschten Ideen aus und schufen eine neue Ära der interplanetaren Beziehungen.

Die außerirdische Welt wurde zu einem beliebten Reiseziel für Abenteurer, Wissenschaftler und Neugierige aus aller Welt. Die schwebenden Städte öffneten ihre Tore für menschliche Besucher, die die Wunder der fernen Welt mit eigenen Augen sehen wollten.

Elias Klein wurde zu einem Symbol für die Kraft der Entdeckung und den Mut, über Grenzen hinauszugehen. Er reiste weiter zwischen den Welten, vermittelte zwischen den Kulturen und lehrte die Menschheit, dass das Unbekannte nicht nur Furcht, sondern auch unendliche Möglichkeiten birgt.

KAPITEL 6:
NEUE WEGE, NEUE ABENTEUER

Die Öffnung der Teleportationsmaschine markierte den Beginn einer neuen Ära für die Menschheit. Die außerirdische Welt wurde zu einem Ort der Zusammenarbeit, des Austauschs und der Inspiration. Menschen, die einst nur von fernen Galaxien träumten, konnten nun durch die schimmernde Tür der Teleportationsmaschine treten und die Wunder jenseits der Erde erleben.

Die schwebenden Städte auf dem fernen Planeten wurden zu einem Zentrum der interplanetaren Kultur. Künstler, Wissenschaftler, Forscher und einfache Entdecker strömten dorthin, um sich von der Vielfalt der außerirdischen Welt inspirieren zu lassen. Neue Technologien wurden entwickelt, die die Lebensqualität auf beiden Planeten verbesserten.

Elias Klein wurde zu einem Vermittler zwischen den Welten. Sein Leben war geprägt von Reisen zwischen der Erde und dem fernen Planeten, wo er die Fortschritte und Entwicklungen beider Welten miteinander verband. Die Menschen auf der Erde sahen ihn als Helden, während die Außerirdischen ihn als Freund und Brückenbauer betrachteten.

Die Teleportationsmaschine wurde zu einem Symbol der Einheit. Menschen und Außerirdische traten Seite an Seite ein, um Herausforderungen zu bewältigen, die beide Welten betrafen. Die Fusion von Wissen und Kultur schuf eine Blütezeit der Zusammenarbeit, die die Vorstellungskraft selbst der kühnsten Träumer übertraf.

Urlaube auf dem fernen Planeten wurden zur Normalität. Familien, Freunde und Abenteurer reisten durch die Teleportationsmaschine, um die Schönheit der außerirdischen Welt zu erleben. Die schwebenden Städte wurden zu einem Magnet für Neugierige, die ihre Träume von der Entdeckung des Unbekannten in die Realität umsetzen wollten.

Die Freundschaft zwischen den Menschen und den Außerirdischen wurde zu einem Beispiel für die Harmonie, die möglich ist, wenn verschiedene Welten zusammenkommen. Gemeinsame Projekte zur Lösung globaler Herausforderungen, kultureller Austausch und ein Gefühl der Gemeinschaft breiteten sich aus wie Sterne am nächtlichen Himmel.

Elias, obwohl mittlerweile älter, fand Erfüllung darin, die Entwicklungen beider Welten zu beobachten. Sein Traum vom Unbekannten war nicht nur für ihn in Erfüllung gegangen, sondern für die gesamte Menschheit und die außerirdische Zivilisation. Eine Ära der Zusammenarbeit, des Friedens und der grenzenlosen Möglichkeiten hatte begonnen.

KAPITEL 7:
EINE UNENDLICHE REISE

Die Jahre vergingen, und die Fusion der Welten blieb ein anhaltender Erfolg. Die außerirdische Welt und die Erde waren nicht länger getrennte Sphären, sondern miteinander verwoben zu einem Netzwerk von Beziehungen, Kreativität und Fortschritt. Die Teleportationsmaschine wurde zu einem Symbol der Einheit, das die Menschheit und die außerirdische Zivilisation in einer nie dagewesenen Weise verband.

Elias Klein, der einstige Träumer aus der kleinen Stadt, wurde zu einem weisen Ältesten, der zwischen den

Welten wandelte.

Seine Reisen zwischen der Erde und dem fernen Planeten hörten nie auf, und er wurde zu einem Brückenbauer, der die Menschheit dazu inspirierte, immer weiter zu den Sternen zu streben.

Die schwebenden Städte auf dem fernen Planeten entwickelten sich zu einem Zentrum der Weisheit, Kunst und Innovation. Die Technologien, die von beiden Welten entwickelt wurden, schufen eine Synergie, die die Lebensqualität auf beiden Planeten auf nie gekannte Höhen hob.

Die Teleportationsmaschine, die einst den Traum eines kleinen Jungen erfüllte, wurde zu einem Monument der Menschheit. Menschen reisten nicht mehr nur aus Neugier oder Entdeckerlust, sondern auch, um Freundschaften zu schließen, Wissen zu teilen und die Schönheit des Universums in all ihren Facetten zu erleben.

In dieser Ära der unbegrenzten Möglichkeiten wurden auch die Herausforderungen gemeinsam angegangen. Die Zusammenarbeit zwischen den Welten ermöglichte bahnbrechende Entdeckungen in den Bereichen Wissenschaft, Medizin und Umweltschutz. Die Menschheit hatte gelernt, dass ihre Stärke nicht nur in der Überwindung der Unbekannten lag, sondern auch in der Zusammenarbeit mit anderen, die sie einst als fremd betrachtet hatte.

Die Teleportationsmaschine, die einst als Mittel der Entdeckung diente, wurde nun zum Symbol des Fortschritts und der Zusammengehörigkeit.

Die Geschichte von Elias Klein und der Menschheit, die das Unbekannte entdeckte, schrieb sich in die Annalen der interplanetaren Geschichte ein.

Die Menschen auf der Erde und die außerirdischen Wesen, die einst durch die Mysterien des Weltraums getrennt waren, feierten gemeinsam die unendliche Reise, die sie miteinander unternommen hatten. Die Sterne am Himmel leuchteten heller, und die Zukunft entfaltete sich wie eine unendliche Reise, voller Hoffnung, Entdeckungen und unermesslicher Möglichkeiten.

EPILOG:
EIN ERBE FÜR DIE STERNE

Die Teleportationsmaschine, die einst den Traum eines kleinen Jungen entfachte, wurde zu einem Vermächtnis für die gesamte Menschheit. Elias Klein, der die Brücke zwischen den Welten schuf, verließ die physische Welt, aber sein Erbe lebte weiter. In den Annalen der Geschichte wurde sein Name zu einem Symbol für den menschlichen Drang nach Entdeckung und Zusammenarbeit.

Die schwebenden Städte auf dem fernen Planeten waren ein Ort des Austauschs, der Kreativität und des Friedens geworden. Menschen und Außerirdische lebten Seite an Seite, teilten ihre Geschichten, ihre Kulturen und ihre Träume. Die Sterne über ihnen bezeugten die Menschheit, die Hand in Hand mit den außerirdischen Freunden durch das Universum schritt.

Die Teleportationsmaschine blieb ein Instrument der Verbindung. Generationen von Menschen und Außerirdischen nutzten sie, um zwischen den Welten zu reisen, um Freundschaften zu schließen und um die Wunder des Kosmos zu erleben. Die kleine Stadt, in der Elias Klein einst von den Sternen träumte, wurde zu einem Ort des Stolzes, denn sie war die Wiege jenes Traumes, der die Menschheit zu neuen Horizonten führte.

Das Erbe von Elias manifestierte sich in den leuchtenden Augen der Kinder, die durch die Teleportationsmaschine reisten und die Sterne mit ihren Träumen berührten. Die unendliche Reise, die einst von einem kleinen Jungen begonnen wurde, war zu einem kollektiven Erbe für die Sterne geworden. Die Menschheit hatte gelernt, dass die Entdeckung des Unbekannten nicht nur eine Reise durch den Raum, sondern auch eine Reise durch die Tiefen der menschlichen Seele war.

So endet diese Geschichte von Elias Klein, dem Jungen, der Astronaut wurde, und der Menschheit, die durch die Teleportationsmaschine die Grenzen des Möglichen überwand. Möge ihr Erbe weiter durch die Sterne strahlen, als eine Erinnerung an die Kraft der Träume, der Entdeckung und der Einheit in einem grenzenlosen Universum.